내가 너였다면
꽃만 피게 했을 것이다

내가 너였다면 꽃만 피게 했을 것이다

발행일 2024년 2월 26일

지은이 이대진
펴낸이 손형국
펴낸곳 (주)북랩
편집인 선일영 편집 김은수, 배진용, 김다빈, 김부경
디자인 이현수, 김민하, 임진형, 안유경 제작 박기성, 구성우, 이창영, 배상진
마케팅 김회란, 박진관
출판등록 2004. 12. 1(제2012-000051호)
주소 서울특별시 금천구 가산디지털 1로 168, 우림라이온스밸리 B동 B113~114호, C동 B101호
홈페이지 www.book.co.kr
전화번호 (02)2026-5777 팩스 (02)3159-9637

ISBN 979-11-93716-90-8 03810 (종이책) 979-11-93716-91-5 05810 (전자책)

이대진 시집

내가 너였다면 꽃만 피게 했을 것이다

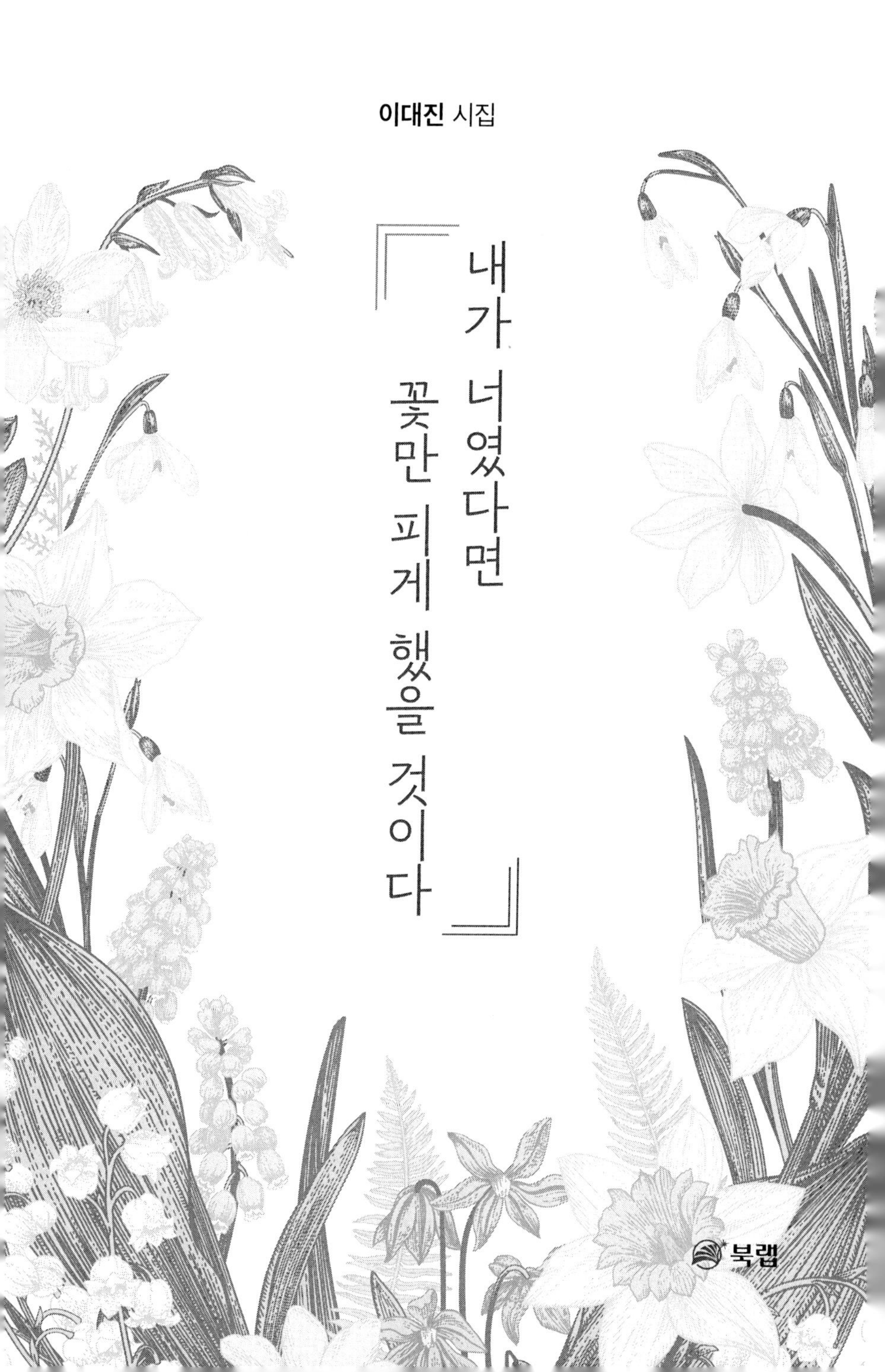

북랩

작가의 글

은퇴 후 늘 소망했던 대로 책을 읽고 글을 쓰면서 평화로운 하루하루를 살고 있다.

특별할 것 없는 평범한 일상이지만 소소하게 행복을 찾아가는 여정이 즐겁다.

그래서일까. 일상 속의 모든 사물이, 대상이 나에게 와서 詩가 되고 노래가 되었다.

"내가 너였다면 꽃만 피게 했을 것이다"라는 제목처럼 꿈길처럼 꽃길처럼 일상 속에서 찾아낸 보드라운 詩想으로 독자에게 다가가고 싶었다.

부디 이 詩들이 꽃에 앉은 나비처럼 포르르 날아서 독자의 마음에 가 닿기를 바란다.

감사의 글

2024년 2월 "내가 너였다면 꽃만 피게 했을 것이다" 저의 시집이 활짝 웃으며 밝은 모습으로 태어났습니다.

표지도 저의 시를 춤추게 하고 간간이 삽입한 그림 역시 추임새가 되어 홍이 나게 하고 너풀너풀 춤을 추게 합니다.

표지 디자이너와 본문에 그림을 넣어준 편집자에게 감사합니다.

작가

이새진

차례

아침이다

새날이
밝았다

방긋

해바라기가
새날을
맞이한다

해바라기가
해 따라
움직이듯

아침은

새날에
움직여야 하는
출발선이다

엄지

잘난 척은
하지만

검지 중지 약지 소지와
소통하고

이

모두를
껴안은

아주
따뜻한

리더

진공청소기

우리가
살아가는 모습의
먼지를 담는다

우리가

무심코 쏟아내
아픔을 주는
말의 먼지
무심코 아픔을 주는
행동의 먼지도
담는다면

평화
희망
행복이 다가오겠다

무당거미

나

어릴 때

무궁화나무 울타리에
봄 여름 가을마다

정주성 무당거미 그물이
있었다

무당거미가 거미그물 한복판
아니면
가장자리와
은둔성 거미인 양
잘 보이지 않는
거미그물과 연결된
거미줄에서 매복을
했다

온종일

팽목 아리랑

세월아, 세월아
마냥 어디로 가느냐
오늘도 있고 내일도 있고
많고 많은 날들이 있건만
한만 남기고 가느냐

아리랑 아리랑
아라리가 났네

파도야, 파도야
어찌 그리도 치느냐
오늘도 있고 내일도 있고
많고 많은 날들이 있건만
멍만 들게 하느냐

아리랑 아리랑
아라리가 났네

파도가 친다, 파도가 쳐

아리랑 아리랑
아라리가 났네

세월도 가지 말고
파도도 치지 말면
이 내 가슴 잠들겠네

아리랑 아리랑
아라리가 났네

아리랑 아리랑
고개 고개마다 노란
개나리꽃만 피었네

아리랑 아리랑
고개마다 노란
개나리꽃만 피었네

아리랑 아리랑
고개마다 노란
개나리꽃만 피었네

돼지들의 반론

인간들이
말했다

살려고 먹는다고 해야지
먹으려고 산다고 하면
'돼지'

돼지들이 말했다

돼지들은 먹으려고

살지 않고 살려고

먹는다

많고 많은데

인간들은

걸핏하면

왜

'돼지'라고 하는 건지

도저히 이해가

안 간다

소나기

쨍쨍

햇볕이 내리쬐는
8월

어느 날

소나기가
내렸다

그칠 줄 모르던
매미들

소리 없이 샤워를
하는 건지
휴식을 취하는
건지
빗소리에 묻힌
건지
잠잠했다

곧

지나가는 게
소나기구름이다

토란 잎에 고인
물방울

한낮의

별이 되어

반짝반짝

영롱한

빛을 발산했다

붓글씨

그리는 걸까
쓰는 걸까

아니면

그리면서
쓰는 걸까
쓰면서
그리는 걸까

선제공격. 반격에 속수무책이었네

어미 개와 주먹만 한
두꺼비가 마주쳤다

호기심을 가진 건
어미 개

앞발로 살짝살짝
건드렸다

툭툭 쳤다
특유의 '퍽' 소리가
났다

왼발 오른발로
고양이 발놀림하듯
툭툭 쳤다

재미가
났다

두꺼비는 공기 가득한
공이 되어
놀잇감이 됐다

'퍽' 소리가
이어졌다

이윽고

어미 개가 땅에 대고
킁킁 씰룩씰룩
먼지가 일었다

느닷없이

미친 개 뛰듯
이리 뛰고
저리 뛰고
날뛰었다
한참을

두꺼비가 뿜어낸
독을 맡았다

그 뒤

두꺼비가 나타나면
두꺼비를 툭툭 치기는커녕
두꺼비 구경하듯
동태만 살피는
어미 개였다

작은 곰

많은 별이

‘북극점을 중심으로 작은 원만
그리며 살아가는 작은 곰’에게
말했다

너는 여행도 안 하고
날이면 날마다 그곳만
지키느냐?

작은 곰이 말했다

나는 이곳이 좋아

나는 '작은곰자리에서

가장 밝은 별'이야

나는 등대야

망망대해의

어둠을 밝히는

나침판이야

희망을 주는 거야

어디에 있을까

구름이 흘러간다
추억이 흘러간다
세월이 흘러간다
모두가 흘러간다

흐르고 흘러서
어디에 있을까

강물이

흐르고 흘러서
모이는 곳
바다에 있을까

또

어디로 흘러갔을까

왜 그렇게 빠르게 왜 그렇게 바쁘게

세상 구경하려
길을 나섰다

그것도
일찍이

차들이 많이
오고 가는 대로가 있는
인도를 걸었다

수많은 차들이
꼬리를 물고
이어졌다

씽씽
차들이 달렸다

저 많은 차들이
어디로

인도에도
차만큼이나 많은
사람들이 오고 갔다

옆을
부딪쳤다

고개만 약간 숙여
인사하고 지나쳤다

왜 그렇게 빠르게
왜 그렇게 바쁘게
걷는 건지 모르겠다

걷는 사람 한결같이
무표정이다
이게 본디 사람들의
표정일까
이래야만 살아갈 수
있는 걸까

오후
서너 시가 되도록
쏘다니다가
동네 골목길에
접어들었다

군데군데

사람들이 모여
있었다

어느 한 군데에
꼽사리를 끼었다
사람 사는 것 같았다
인심이 넘쳐났다
이 말 저 말을
주고받을 수 있었다
많은 이야기를 들을 수 있었다
아고라였다

내가 너였다면

내가 너였다면
할미꽃이 되지 않게
했을 것이다

내가
너였다면
낙엽이 되지 않게
했을 것이다

내가
너였다면
꽃만 피게
했을 것이다

내가
너였다면

견우와 직녀

늗개[1]가 내리는
칠석날 초저녁

까마귀와 까치
그대들을 위해
다리를 놓았네

그대들이 만났네
얼싸안고 눈물
흘리네

얼마나 그리웠을까
얼마나 보고 싶었을까

1) 안개비보다는 조금 굵고 이슬비보다는 가는 비

나부끼는
깃털

갈릴레오가
피사의 사탑에서
깃털 실험을
하는 것
같네

까마귀와 까치
대머리가 되겠네

그대들의

눈물

미리내[2]가

되어 한없이

흐르네

2) 은하수의 방언

거울

왼쪽을 보면
오른쪽을 보고
오른쪽을 보면
왼쪽을 보네

왼손을 들면
오른손을 들고
오른손을 들면
왼손을 드네

저 안에

청개구리가

물수제비[3] 뜨기

연못

동동거리는 소금쟁이를
따라 하듯

물수제비 뜨기를
하는 아이가
있었다

처음에는 '탐방'하고
말았다
몇 번 하더니 서너 번을
'탐방탐방'했다

3) 둥글고 얄팍한 돌을 물 위로 튀기어 가게 던졌을 때에, 그 튀기는 자리마다 생기는 물결 모양

이윽고

연못 위를 빙빙 돌면서
물 위를 나는 잠자리를
사냥하는
제비

물 위를 스치고 몇 번을 스치고
날아올랐다

소금쟁이
어린아이
제비

아름다운 하모니였다

어머니의 밥상

한동안

아버지의 밥상에서
아버지와 겸상을
했다

아버지의 밥상은
옻칠을 한 네모난
상이었다
윤기가 나는 고급스러운
상이었다

어머니의 밥상은
낮은 앙은 상이었다

어머니의 밥상에는
반찬이 많아야
서너 가지
계란찜도 없었다
없는 게 많았다

무심히
그냥
먹었다

봄의 연가

박새
딱새
딱따구리

연가를
부를 때

아른아른
피어오르는

아지랑이
무대 삼아

노랑 나비
흰 나비

너불너불
춤을 춘다

무드에 취한
박새, 딱새, 딱따구리
무르익어

자진방아
휘모리장단
얼씨구
절씨구
에헤라디야

사랑의
징표

푸르른 연무
세상을 덮는다

당신

머리가
아플 때
배가
아플 때도

당신의 손
'약손'이었습니다

당신의 손
더울 때는 시원하게
했습니다
추울 때는 따뜻하게
했습니다.

참 고마운
분이었습니다

당신은
나의 자양분이었습니다

당신에게
얼마나
베풀었을까

당신이 베푼
백분의 1
천분의 1
만분의 1

애완견에 하는 만큼의
십분의 1만 하면 효자라는
우스갯소리가
떠오릅니다

당신은
어머니입니다

밤송이 속 밤톨이었습니다

그대와

나, 우리는

우산 같았습니다

비가 내리고

눈이 내려도

보호막이 되었습니다

그대와

나, 우리는

뒹굴고 뛰놀고

함께

했습니다

기쁨도
슬픔도
함께 했습니다

그날들
참 행복했습니다
고마웠습니다

이걸
추억이라고 하나요
인연이라고 하나요

추억, 인연을
뒤로 하고

그대는
어느 날
떠났습니다

가슴에 멍이
들었습니다

그대가 떠난 뒤
그대가 남긴
사랑은 아주 큰 별이
되었습니다

밤송이 속 밤톨은 흩어지는 거라서
그대가 밤톨이 흩어지듯

어디로
어디로

떠난 건가요

그대와

나, 우리는

밤송이 속
밤톨이었습니다

신분 상승

초저녁에
서쪽을
출발한

개밥바라기[4]

유유히 흐르는
은하수를
건너

작은곰자리
큰곰자리
카시오페이아자리를
구경하고

4) 저녁 무렵 서쪽 하늘에 보이는 '금성(샛별)'을 이르는 말

새벽 무렵
동쪽에
당도하니

반짝반짝
빛나는

샛별이
되었네

소리

비가 오는 소리
바람이 부는 소리
파도가 치는 소리
새가 짖어대는 소리
풀벌레 소리는
무심코 들었지만
안개가 피는 소리
구름이 흘러가는 소리
아지랑이가 피어오르는 소리
꽃이 피는 소리의
소리 없는 소리에는
애써
보기만 했다

증기 기관차

나는 짐을 싣는 '증기 기관차'다

나는 쌀, 보리, 밀, 콩, 팥, 옥수수
곡물과 물만 싣는다

나는 물이 없으면
운행을 할 수 없다
그래서 별명이
증기 기관차다

나는 역에 닿으면
사력을 다해
증기를 뿜는다
하역을 위해서다

나는 원칙적으로
하루에 세 번
운행한다

어머니

방아 찧고 밥 짓고
빨래를 할 때도
가지가 돋아나고

아들딸 낳을 때도
가지가 돋아났다

콩밭, 옥수수밭, 고구마밭
고추밭, 보리밭 맬 때도
가지가 돋아났다

결국
가지에는
마디마다
주렁주렁

쇠무릎[5]이 되었다

5) 식물 비름과의 여러해살이풀로 가지가 많고 마디가 두드러진다

멍

노루 뼈는 '3년'을
우려내고

세 치 혀로 말하는
3초의 상처는 '30년'을
가슴 아프게 하고

체벌의 멍은
노루 뼈 우려내듯
우려내고 우려내도 '300년'은
더 간다

이불

낮에는
송편

밤에는
개떡

봉선화

보초 경계 때마다 어김없이
육박전이 발생하는 게릴라전이 있었다
독침을 무장한 적군의 병사*가
아군의 정자나무에서 염료와
군량을 채취하느라 정신이 팔려 있었다

아군은 일제 강점기 때 인천 앞바다의
모래가 유리로 만들어진다는 것을
감쪽같이 몰랐던 것처럼
이 정자나무가 유용하게 쓰인다는 것을
숫제 모르고 있는 터였다

한날 울퉁불퉁한 갑옷을
착용한 아군의 병사[**]가
'툭' 치면 터지는 폭탄이 매달린
정자 나뭇가지 아래서 보초 경계 중이었다

이 폭탄은 애당초 살상용 폭탄이 아니다
겁먹게 할 뿐이다

즉, 이 폭탄은 이 정자나무는 물론이며
그 어떠한 동식물에 위해를 가하는
베트남 정글에 투하된 고엽제 같은
살상용이 아니다
부비트랩이 아니다

되레 산소를 만드는 기저요
위용적 선전宣傳과
병기[***]를 늘리는 데 이용될 뿐이다

적군을 발견한 아군의 병사
손자의 '적을 온전한 채로 굴복시키는 것이 최상'
즉, 싸우지 않고 이기는 방법이 가장 좋다는 것을
좌우명으로 여기는 터
폴짝 뛰어 매달린 폭탄을
'툭' 쳤다

거무스레한 탄환이
산포散布 됐다
탄피는 또르르 말려 그대로
매달려 있었다

독침을 무장한 적군의 병사
폭탄 소리에 소스라치게 놀라
육박전 할 겨를도 없이

'윙'

삼십육계 줄행랑을 쳤다…

* 적군의 병사: 벌
** 아군의 병사: 두꺼비
*** 벙기: 씨앗, 자손

사냥

그물에 사냥감이
걸렸다

노를 잡고 매복하던
사냥꾼이 진동에 다가가
걸린 사냥감을
노로 칭칭 동이면서
마취 주사를
놓았다

발버둥이
멈췄다

"너는 내 밥이다"

금슬지락

방아깨비는 때때시[6]를
업고 다닌다

엉금엉금

기어다니기도 하고
앉아 있기도 하고
날아다니기도 한다

온종일

띠를 안 매도
떨어지지 않는다

---

6) 수컷 방아깨비의 방언

나이의 진리

겨울은 봄에
봄은 여름에
여름은 가을에
가을은 겨울에

밀려가는 것

봄

흐른다

나무뿌리의
포자에 고인 물이
하릴없이

낮은 데로만 흐른다는
진리를 깨고
왕성히 나무줄기로
역류해

기세 등등하고
용기백배한

이파리
푸른 봄을
만들다

이실직고

나 어릴 때
목을 비튼 풍뎅이를
마당에
뒤집어 놓았다

빙글빙글

날개를 퍼덕이며
마당을 쓸었다

에라
나는
나쁜 놈

에라
나는 나쁜 놈

빨랫줄

아침에는
새들이 앉아
'조잘조잘'
생물의 자명종

낮에는
널어놓은 옷
김이 모락모락
자연의 건조기

밤에는
상로霜露가 앉아
기생 숙박
풍상우로風霜雨露 둥지

시간 공장

어제는
오늘이 만든 과거
오늘은 내일이
만드는 과거
내일은 모레가
만드는 과거

1년 365일도 과거가
된다

십 년, 백 년, 천년, 만 년도
과거가 된다

우수리 없이
죄다

불티나게 잘 달린다

모깃불

모깃불을 피워 놓은
한여름 밤

바람이
모기를 앞세우고
레이저 쏘듯
연기를 조종하는
별을 본다

북극성, 북두성, 백조자리
여우자리, 은하수
견우와 직녀

이웃고

바람이 운무로 시새워
눈물이 난다

민들레

본디

중머리는 아니었습니다

염색을 안 해도
노란색이었던
머리

엊그제까지만
해도

보름달만 한
구형의 꽃이
만개해 눈부시게
아름다웠습니다

한 올의 머리카락이
흐트러지는 게 두려워
살며시 만지는 것도
주저할 만큼
귀태를 지녔습니다

세월

나와 마주하는 세월이
옆으로 지나간다

이쪽저쪽이
있다

고개가

은연중에 좌우로
돌려진다

와중에
빛바랜 세월이
뒤로 숨는다

까치밥

말랑하게 홍시가 된
까치밥을 성찬 삼아 벌인
새들의 만찬이
끝나고

기러기 따라온 듯한
북풍한설을

잠재우는
인후한 심상心想

화혼花婚

봄바람 따라온
초청장에 열흘 잔치
향훈香薰

중매쟁이가 된
벌과 나비
검댕 대신 분 바르고
꿀에 취하고
이바지 안고
흥겨워라

쇼트트랙_박승희

'소치 동계올림픽'에서
따는 메달을 보았네

한 번 넘어지고
또 넘어지고
따는 동메달을
보았네

금메달보다 은메달보다
값지고 아름다웠네

사랑의 모스 부호

앙상한 나무가 푸르러
상긋 피톤치드를 알리는
시그널일 터

탁탁탁탁탁탁탁탁

크낙새가 콕콕

사랑의 멜로디
사랑의 왈츠

물오른 핑크빛
사랑의 모스 부호
아름답다

종다리

노심초사하는
2인 1조

하나는 불거질세라
은폐한 황금알
굴리고

하나는 우주에서
지지배배 지지배배
경고음 내며
철통 감시

마른 풀숲
한들한들
바구니 그네 타는
황금알

새로운 시작의
빅뱅을 기다린다

뭉게구름

지루한 가을장마가
지나갔다

태양이 활짝 웃는 사이
눅눅한 바람마저
온데간데없다

이곳을 메운
보송보송한 선들바람이
말려 놓은 뭉실뭉실한
목화송이

둥실둥실 두둥실
얼싸안고 피어오른다

찬가

컴컴한
터널 안

새 생명이
움텄다

봄
여름
가을이 지났다

어느 날이었다

샘이 솟은 듯
물이 가득해

노 저어
밖에 나왔다

눈이 내려
온 누리가 흰색이었다

광명천지였다